四つの扉

横山阿季子

東京図書出版

四つの扉

目次

夢の扉　3

かごの中の扉　23

自由の扉　36

記憶の扉　52

あとがき　94

夢の扉

ふと目覚めると
すっぽり大きな貝に乗っかり
青く透き通る海にプカプカと浮かんでいた
空は青く晴れ渡り
カモメがふわりと
気持ち良さそうに飛んでいる
「ここは何処」
海の中を覗き込みながら
さんご礁に群がるきれいな魚に
引き寄せられながら眺めていた

無心になって遊ぶ世界
冒険らしき世界を作り上げていく
その中の断片的なひらめきが
人の心を探求させ
現実の世界へと旅立たせてゆく

何時間位たっただろう
向こうの方に小さな島が見えてきた
必死に貝をこいで行き
やっと静かな島にたどり着いた
そこは広く白い砂浜が広がっていて
向こう側には
青く生い茂ったジャングルが見える

辺りを見渡してみるけれど
人らしき人は居ない
誰も居るはずもなく
ガックリしながら岩に腰掛け途方にくれた
下を見ると小さな貝が
打ち寄せる波にもてあそばれながら
行ったり来たりと転がっていた
また　岩の片隅に目をやると
かわいい小魚が縄張りであるかのように
チョロチョロ周りを見張っていて
私はその小魚を捕まえようと
そっとすくい上げようとしたけれど
魚は必死に逃げていった

時の波が打ち寄せる
はるか遠くの笑いや語らいが
水しぶきとなって聞こえてくる
古代の音楽と遠吠えにも似た
嵐の鼓動と稲妻……
……自由になれる……
逃れるように走り自由を求め
子供でもない　大人でもない
永遠の謎の世界の広がり
海の中の透明にも似た
伝わる全ての流れに過去の眠りを誘い
希望を見にいくと好奇心があなたの心を揺さぶる
誰もいない
ただ一人だけの世界の中に

侵入者を拒み
さらに
あなたをも拒むかも知れない
夢幻の世界の広がり
一人歩きしている
しかし
卓越した夢幻のひろがりは
時間を刻む秒針のように過ぎ去ってゆく

すると
砂浜をサック　サックと
歩いてくる足音がした
振り向いてみると

緑の服を着た髪の長い女の人が
私の方へ向かって歩いて来ている
「いったい誰でしょう」
「宇宙人　それとも地底人」
いずれにしても怖くはなかった

人との出会いが希望に満ちる事がある
同じ世界
同じ空間の広がりに凝縮され
こころ満たされる時である

女の人は　私の前まで来て

丁重に挨拶をし
向こう側にあるジャングルを指差し
付いてくるように言った
私はあてなど無いので
付いていく事にした
ジャングルの中は静かだった
暫く行くと
茂みの奥に何か動くものがある
よく見ると木陰で草を食べている小鹿や
移動をしているおサルの集団がいた
「ね　何処まで行くの　ここは何処なの」
女の人はキョトンとした様子で私を見た
「ここはあなたが住んでる地球でしょ」
「だけど初めて来た島なのよ

見た事もない場所だわ」
女の人は　空を見て指を差し
「空からあなたは降ってきたの……」

単純明解な事ですら
複雑に見えてしまう事がある
もしかしたら
水の中のプランクトンだって
ちゃんと
宇宙が見えているのかも知れないよ

夢の扉

その人はここが無人島ではなく
多くの人達が島の地下で
生活をしている事を教えてくれた
どうしてこんな美しい海や空の下で
暮らさないのか不思議に思った
歩き続けてしばらく行くと茂みから
ポッカリと大きな口を開けた洞窟が
不気味なほど周りの美しい景色を
呑み込んでいる
まるで異次元の入り口に
入っていくかのように思え
二人は薄暗い岩のような階段を
ゆっくりと下りていった
するとどうでしょう

そこはまるで真昼のような明るさで
大きなドームが蜂の巣のように並んでおり
大勢の人達がそこに居た
ベンチに腰をかけ語り合っている人
ボール遊びをしている人達
へんな機械をいじっている人
なにやら忙しそうに働いている人達である

旅をするのは好き
人々の表情が自然だから好き
関わりの無い人達の中
自由に歩くわたし
みんな同じ　人　人　人

会話のはずむ　にこやかな顔
タンタンと仕事をしている顔
無表情な顔も　あなたらしくて好き
そんな人と人との奇妙なふれあい
そんな旅が　わたしは好き

そして一番　目に飛び込んできたのは
巨大な透明なガラスで海底の姿が
手に取るように見えている
わたしは　尋ねた
「あなたはいったい誰なの」
その人は　笑顔で答えた
「あなたと同じ人間よ

ここに来たのは
あなただけではないのよ
他にもいっぱい来たわ」
「その人達は何処いるの」
その人は　悲しそうな顔で
「さあ……忘れてしまったわ」

足元には無数の砂がある
さざなみが砂をもてあそぶように
わたしの足跡を消している
心の中のひとしずくのやすらぎや
思い出もかき消されてしまうのだろうか
後悔している

こんな筈ではなかったと
波は静かに波打つけれど
遠く見えなくなった足跡を探しながら
今は冷たい風が
わたしの心の中を吹き抜けている

すると何処からともなく
大きな地響きがけたたましく地面を走った
「また奴がきたわ！」
奴って誰なのと　問い返す暇もなく
私はよろめいた
雷のような音
機械の荒々しく鳴り渡っている様子

外ではいったい何が起こっているのか
分からなかった
わたしは初めて怖くなった　そして
帰りたくなった
大きなスクリーンの窓ガラスには
海底の様子が見え
まるで　マグマの塊のようなものや
黒く焼けた破片がいっぱい落ちてきて
澄んだ海はみるみる黒くなっていった
美しい島だと思っていたのに
こんな事があるなんて
本当に私はどうすればいいのでしょう
女の人は叫んだ
「突如として襲ってくるのよ

忘れた頃に　奴は必ずやってくるの」
わたしは聞いた
「奴って誰なの」
「地上だけを徘徊している化け物よ
海の事や空の事など知る事もしない
だから見つかると襲ってくるの」

生きることの闘い
ハイエナが獲物を狙うように
周りはいつも死神がうろついている
隙あらば連れて行こうと
それでもインパラは怯えながらも
定めを認め美しく誇らしく歩いている

人はそのようには生きられない
定めを認めない魂があるから
それでもいい
弱くて人は美しい
きっと恐怖を克服する為に
一生懸命言い訳をするだろう
虚勢を張って世界を牛耳っている
この世で一番弱い哲学者

焦るように女の人は言った
「あなたはどうするの
ここに居ては危ないわ　一緒に来る」
「いえ　こんな怖い所は嫌だわ

わたし　早く帰りたいのよ」
女の人は哀しそうに
「貴方とは又何処かで会えるといいわね」
そう言い残すと慌てて
仲間の居る所へ走っていった
私はまだまだ聞きたい事が沢山あったけど
口から出た言葉は
「どうやって　わたしは帰ればいいの！」
「帰りたいと必死になって
　願ってごらん！」
そう叫びながら　雷鳴のような音に
かき消され女の人の姿が見えなくなった
地響きと爆音の中
私は必死に帰りたいと願った

夢なら覚めてと……

夏の終わり
あんなに盛んに鳴いていたせみが
ふっと
いなくなっている事に気づいた
それでもなお
遠くに鳴いている一匹のせみがいる
大合唱をしていた時よりも
愛おしく
存在感があるのはなぜだろう

ザーザーザザザーーー
波が打ち寄せる音
パラソルが風に吹かれてたなびく音
私は目覚めた
夢だったんだわ……
ホッとした
後ろを振り向けば両親もいる
見慣れた景色があった
妹も　愛犬トンと遊んでいる
わたしの前には　広くて大きな海が
ドッシリと座っている
私は思った
あの事が夢だとしても
地球のどこかで彼女が

本当に居てくれるといいのに……
水平線のまあるい海を見ながら
「戦争なんて
　たとえ夢でも見たくないわ」
海は静かで青かった

しばらくすると
妹とトンが　私を見つけて
一目散に走ってきている
私はあわてて逃げた
あの恐怖心のない気持ちで……

かごの中の扉

私は老人と住んでいる
毎日が単調で
一日が暇つぶしで終わってしまう
そんな毎日だが
この家に居るのは楽でいい
ここに居さえすれば食事は保証されるし
風が吹こうが　矢が飛んでこようが
野垂れ死にする事はない
それに
主人と付かず離れずの関係から

結構自由がある

窓の横にチョコンとぶら下がっている
あのかごの中の鳥よりかだ

私の家は坂道のある高台に建っていて
下の方には海があり水平線が見える
夜は夜で夜景が素晴らしくきれいで
そんな訳で
私は窓の所をいつも陣取って座っている
時々主人はそんな私の居場所にやって来て
ひざの上にのせ
「長生きしてね」と背中をなでる
しかし主人と私

どちらが早く天国に行くのやら
なんでも主人は幼少の頃
奇妙な夢を見てからどうも
海の近くに住むのが好きみたいで
どうせイルカや鯨に助けられた夢でも
見たんだろうが……

主人は朝早く散歩に出かけるのが好きだ
朝の五時頃　まだ誰もいない新鮮な空気と
静かな小道を独り占めするのが
楽しいみたいで
すがすがしい毎日を私と共に満喫している
ただ
そんな事はどうでもいい事である

毎日がどうも気になるあいつの存在がある

窓の横にチョコンとぶら下がっている
「あいつ」である

私が機嫌よく散歩から帰ってくると
あいつは　いつも不機嫌そうな顔をして
外を見ているかごの中の鳥である
いつかしらあいつに同情をして
「おまえ　たまにはそのかごから
出てみたいだろうな」
と　話しかけてみたら

「おまえはそんなに広い空間があるのに

毎日退屈そうにしているじゃないか
さほど私と変わりはしないさ」
と仏頂面で強がりを言う
だから　私はあいつが嫌いなんだ

又ある時　あいつに
「たまには　そのカゴから出て一緒に
散歩してみないか」
と　聞いてみると
相変わらずの返事が返ってくる

「外に居ようが　中に居ようが
見えるものはみんなおんなじさ
それとも　おまえには天国とか化け物が

見えると言うのか」
と　屁理屈をこねる

やはりかごの中の鳥というのは
行動出来ないぶん　頭がいかれている
それでも　あいつは満足そうにやっている
不思議だね
私にはそんな世界は耐えられない
あいつがそこまで言うのだったら
天国でも地獄でも見てやろうじゃないか
屁理屈をこねている奴には　天国があっても
地獄にしか見えないかも知れんがね
そこでだ
そろそろ私の世界の掟でもある

安住の地を離れて旅に出ようかと
思っているのだが　そうなると暫く主人ともお別れだ
置き手紙をして心配を掛けないようにしたいのはやまやまだが
そんな器用な身体は持っていないし　仕方がないから
再び帰ってきた喜びを頭にえがきながら
出て行くことにするか……
そうそう　その前に
チョコンとぶら下がっているあいつに
一言いってやった
「今から旅に出ようと思うのだが気の毒に
なんせ誰かさんと違って
自由があっていいよな
これから何処へ行こうか
わくわくする

目的のない目標を持つのも
本当に生きている感じで……
この　開放感を見てくれ
誰かさんは
一生　解らんだろうがな」
と　大きな声で言ってやった
どんな返事が返ってくるか
気にはなったが
するとあいつは　言った
「あーあっー
何処へでも行ってくるがいいさ
所詮　狭い頭の中
変えられるのは知れているさ
あんたが

まったく別人になってしまえば
世界も変わるだろうがな」だと
「あーあー　解りきったように言う
これだからおまえが嫌いなんだよ！」
最後にはっきりと言ってやった
あいつは　いつもと変わらず
こっちを見ている
あいつは何にも分かっちゃいない
私は窓際から飛び降りて
椅子に座りテレビを見ている主人を
よそ目に　足早に出て行った
路地道から表通りに歩いて行くと
早朝の空気と違って
人ごみの足ばかりが　大きいの　小さいの

まるで雑草のように
私の進行の邪魔をする
大通りに出ると
車のでかいタイヤにひかれそうになるは
小回りのきく自転車には
追いかけまわされるはで
住む尺度が違うっていうのは不便な事だ
働きざかりの真っ昼間は
我々の住む世界ではないな
あ　そうか　だから我々は夜活動するよう
出来ているのかもしれんな
人間様　勝手にやってくれ
我々の住む世界は夜限定だ

人間の社会が中心に出来ているのだから
仕方が無いと言えば仕方が無いのだが
いささか　弱い奴には優しくないようだな
「あぶないだろう」とか
「この野郎」とか言えたら
どんなにこの社会も楽に住める事か
気持ちの通じないのはつらいね
それでも愛情は　たまに受けるが
こちらの要求なんぞ
聞いてもらえそうもないし
そこでだ
同じ人間世界に生きているのなら
人権ならぬ存権とやらをもらいたいよ
家にいた「あいつ」と違って人は

地球に君臨しているのだから
もっと大きな目で
ものを見てもらいたいね
いっその事地球から外を見る
馬鹿でかい目があればもっといいのだが
そうだとも
私だって人間に生まれていたら
最後の哲学者と言われるくらい
偉大さでもってこの地上に君臨している
かもしれん……なあ……

ん……
それにしても周りがやけに騒がしい
なんとなく

自分で怒りをぶちまけているのだが
周りはそれ以上に普通ではないな
我が家の窓から眺めていた
あの穏やかな人間達の顔から
異常な心拍音が聞こえる
いつもと違う
重くのしかかった引力が
身動きできない緊張感が
なおも覆いかぶさるように……
そんな空間　何かあったのだ
私の知らない所で何かが
誰か！　この私に教えてくれ
何があった!!

自由の扉

ここは何処だろう
目覚めると　ここにいた
過去の記憶がない

今の現状のままの姿でたたずんでいる
それから……
それから
周りには黒ずんだ廃墟のような物が見える
殺伐とした林と荒れ果てた
草原の成り立ちの中

目に見えるのが全てであり現実だった

なぜ　ここにいるのだろう……

無風状態である
生ぬるい空気　湿っぽい土の色
茫然自失……

此れからどうすればいいのだろうか
訳がわからず　随分とここにいる
とにかく　歩いてみよう
誰かに会える事を願いながら
今
どの方向に歩こうか迷っている

辺りは朽ち果てた木が不揃いにあり
薄灰のむき出しになっている山々が
幾つも連なっているが
白く濁ったもやで
まわりの景色を不透明にしている
不安だ
自分の心を映しているように
当ても無く歩く
歩く……歩く……
時折小走りに
時折後ろを振り向き確認しながら……
誰もいない
何も出て来ない
もしかしたら自分だけなのだろうか

いや　そんなはずない
あるわけない
無の世界のつもりを　廻らし
せめて自分の知りえる世界であって欲しい

無人島に置かれた自分
だが　世界の中の無人島に流された方が
なんと　希望あふれる毎日を送れる事か

喪失状態の世界から出られない不安
何か生み出される可能性すら
今の自分にはない

赤紫の空は奇妙な世界を描き

不気味な静けさがある
いつか時として
私もこの静けさの中に
呑み込まれてしまうのだろうか

もう歩き出して長くなる
少し休もう　疲れた
当ても無くさ迷う自分が
妖怪に思えてきた
何か出くわさない限り
自分がどんな存在かを
計り知れないでいるから
大きな岩を背もたれに空を見上げた
……何も感じることはない

いや　感じられないでいる
のっぺらんとした平面に
次元の違いを感じる
「退化なのか……退化か」
なぜか　笑いが込み上げてきた
おぞましい事だが
幸福であるのかも知れないな
ずいぶんと長い間
「進化」という事に
混乱してきたはずの世界があった気がする
失望感からか
今の自分はサイエンスのない
退化を望んでいるみたいだ
こう思う事も

もう　ばかばかしい事である

風が頬を撫で目を覚ます
いつの間にか眠っていた
相変わらず周りは同じ状態だ
何も変わっていない
夢であって欲しい現実
遠くの方には
青・紫・赤・岩や木
一呼吸してみる
そして　溜め息と……
「誰か！　誰か！　誰か！……」
思わずたまった気持ちを吐き出してみる
何か　何か聞こえないか

耳が飛び出してしまうほど
集中力を傾けじっと澄ましてみる
誰もいるはずもなく……
やはり……
歩こう
砂漠の中で水を求める放浪者のように
それしか私の頭には世界がない

時が分からない
流れは　あるのだろうか
それとも　歪みにはまった空間なのか
あ！　今何かが聞こえた
静寂の中で　かすかな何かが聞こえた
何だろう

聞こえた方向に足早に歩く
何でもいい
誰か居てくれと願いながら
林の中　木の陰　周辺を見わたす
幻聴なのだろうか
土の中から……
地面に耳を押し付け聞いてみる
何もない
誰も居ない
このままだと気がふれるかもしれない
いっそ　気がふれてしまったほうが
楽になれるだろうか

気持ちを変えてみよう

きっと生き物は核の悪戯
自然の破壊で絶滅してしまったのか
あるいは
最初から生命は私以外存在しなかったのだ
あらゆる想像が出来るのも
眠る事やあくびをするのと同じように
ただ　機能が備わっているから
出来るのだろうと……
何処まで信じ耐えられるか分からないが
絵の中に閉じ込められた世界観

そう思わなければ
今こうしている事が
特別な事ではないのだと

積もった空想を振り払って
生きている事に「時」を見つけ出し
宿命としての
自然の掟に従う事にしよう

これでいいのだろうか
これでいい
これでいい
ほんの少しの言い訳でも
私にとって
どれ程の支えになる事か

目覚めた体に風が吹く……
さわやかだ……

悟りなのだろうか
空を見上げたまま
相変わらず深海のような空の下にいる
あれは　なんだ……不思議だ
それと同時に
空はオーロラのように波うち
緑色の空になったかと思うと
黄色や　青色に波打っている
暫くすると
急に　周辺が少しずつ明るく
色彩を帯びているのがわかった
何故なんだろう　今まで無かった事
生気のない赤や黄色の弱々しい花々が
微妙に変化している

不透明な空間の壁もない
直線的な明るさ
明るいという事が
３６０度の全ての恐怖から
解放される！

夢なら覚めないでくれ！

気持ちが錯乱しそうだ
あ　あれは何だ
前方に大きな沼が見える
あの沼に生き物は居るのだろうか
足跡はあるのだろうか
草むらに虫が這い回っているのだろうか

あの草むらに……あの草に……
おどおどと
ゆっくりと沼に歩いていく
まだ見ぬ自分の姿を確認する為にも
たどり着いた沼の前
波打つ自分の姿を必死に捕らえて
それは
大きな顔と肩幅広く
身体全体毛に覆われた
類人猿そのものだった

文明の崩壊とともに
退化した人間として最後の類人猿

人類永遠の奇跡を信仰していたが
幻想のまま崩壊
地球の滅びのサイクルは必然的に行われ
地球自然治癒の法則が
代償として退化の道をたどる事になった

滅びのサイクルは生命全てに連動し
繰り返し
繰り返し時は流れていった

そしてたどり着いた世界

誕生から滅びることなく
生き延びた植物は

人類の過去の戒めを土の中より理解し
地球自体の意思疎通に成功
それはまるで一つの生命体のように進化し
広い宇宙空間を自由にさすらい続けている

記憶の扉

夢の記憶

そう……。

昨日まで、たぶん別の人生を歩んでいた。

それは、目覚め、そして再び全てを思い出したかのように底から記憶を取り出し何事も無かったかのようにまた、今を歩いている。

瞬間までわからなかった知り合いが今、こちらの方を見て挨拶する。

「やあ、元気かい、広場は大賑わいさ。年寄りは静かな方が好きだがね」

私はすぐに答えた。

「体は元気になったの。気を付けてよ」

老人は確かリュウマチに悩まされている。

私は軽く会釈する。

感覚の思うまま歩いていく。我が家に向かって記憶をたどるように。

岩肌の塀をいく通りか歩いていって、ピラミッドの地下を下りていき、神殿の重々しい空間にたどり着いた。前方には二つの明かり、天井からは外からの光が三つ差し込んでいる。ここが、私の居場所である。

「ちょっとメルバ、何をしているの。早くドレスを持ってきてちょうだい！」

私の主人である。毎日いらいらと私をこき使う。でも、それが私の使命だから構わないのである。多分。

「はい、ただいま」

急いで持って行かなければ、また怒鳴られる。

主人の名前はキフラといって代々この地域の有力者である。三十五でまだ独身だけれども、早く結婚する事を私は強く願っている。何故なら、ヒステリックに私をこき使わなくなるのを望むささやかな願望であるから。

「素敵ですよ」

言いたくもないお世辞を言ってしまう。

キフラは分かりきったように、話を続ける。

「お前、今日はなんだか違うわね。どこが、とは言えないけど」

キフラは鏡に映っている自分の姿と隣に映って見える私を見ている。

「今日は何処に行かれるのですか」

「何を言っているの、今日から一週間は階級解放日で広場はいつもと違って大賑わいよ。お前はまだ若いからいいわね」

キフラも、そういえば何時もと違っているように見えた。

「私はあまり結婚という事にこだわらなかったけど、私を見初めて下さる方がいてね、その方と今日お会いする事になっているのよ。男性に好まれるって気持ちの良いものね」

いたって普通の顔立ちで、ちょっとばかり勝気だが、私にしてみれば、相手の方が興味深々である。そうしている間にキフラはうきうきと外に出かけて行った。

やれやれ、私の仕事はキフラの身の回りの世話係、暫くは自由である。私がなぜキフラの世話係、と自分に問いかける。私がキフラに生まれてもいいのに、なぜ……。しかし現実は、現実。そうね、いかに自由に楽しく生きられるか、今の私はそれで十分。とあっさり独り言を言いながらキフラの衣装を片付けていると、

「メルバ、広場でのパーティー一緒に行かない。この時だけは、年一度の階級解放日だからおおいに騒ぎましょうよ！」

ふと、思い出す。食事係のアヤンである。私と同じ二十歳で、この館の同士、キフラに使われている。

「今日は解放日ね。今から出かけられる」

アヤンは緑のレースドレスを身にまとい、ピンクの宝石を身につけて、

まるでお姫様のよう。
「メルバ何しているの、早く着替えていらっしゃいよ」
私は思いつくまま行動し、キフラの衣裳部屋に行き自分の気に入った
ドレスを見つけ、キフラの大きな水色の宝石を身につけた。
まるで、泥棒行為だけど、年に一度の解放日、この館に住む同士は、
自由に主人のものを借りることが一週間だけ許されている。二人はお屋
敷の階段を上って行き、館の兵官に挨拶をして広場に着いた。広場の中
央には大きな石造の魚から噴水が大きくまた小さくリズミカルに噴出し
ている。それから所々に大きな木があり周りはかなりひろかった。
「ね、見て、キフラよ。隣に居るのが彼かしら。凄く機嫌が良さそう
じゃない。私達を見る目と全然違うんだから」
アヤンは主を見つけて言った。
「いいじゃない、私達も負けずと彼氏を見つけましょうよ。玉の輿を」
私は言った。

するとアヤンは私の方を振り返って、

「その、玉の輿って、いったい何者なの」

この世界では多分、訳の分からない事を言ったみたいだ。説明をしようとしても明確な言葉が出てこなかった。

「ごめん、意味不明な事を言ったみたい。訳の分からない呪文でも言ったのかな」

「そんな呪文あったかしら。ね、あちらへ行ってみましょうよ」

私達は、巫女が幻想的な踊りを披露している所へ走って行った。音楽が流れ私達もお酒を飲んだように酔いしれる。何処からか聞こえる犬の遠吠え。何時の間にかあたりは薄暗くなり、月が見える。毎日が階級解放日だったら毎日が楽しいのに。

「メルバ、これからジョルジュ城に行かない」

「冗談でしょう。あそこは神隠しの入り口があるって噂でしょう」

この広場から少し離れた所に大きなお城がある。過去には沢山の行商や使用人が出入りしていたらしいが、忽然と主人共々、どこかに消えてしまったらしい、との噂話がある。

「メルバ、だから面白いんじゃない。ローナを誘って行きましょうよ」

ローナは隣の邸宅に住んでいる清掃係。私達とは仲がいい。丁度ローナも私達を捜していたところで合流した。

「ローナ、あんたジョルジュ城の近道を知っているでしょう。案内して」

アヤンは言った。

「本気で言っているの。あそこは嫌な噂があるわよ、あまり良い気はしないけど……。今日はなんだか冒険心ありありだから、ま、いいか」

私達は、広場の裏通りから暫く歩いて行き城壁らしい所までたどり着いた。辺りは殺風景な城がポツリと建っていて、外から眺める窓が尚いっそう不気味さをただよわせている。

「なんだか、不気味でわくわくするわ」

「アヤン、その表現の仕方、何だか変」

三人は恐る恐る入り口まで歩いていった。

湿ったトンネルのような、それでいて大きな空間を歩いているような、わずかな月の光がシンと静まり返った部屋をぼんやりと映し、あちらこちらを、まるで別世界の入り口であるように、扉を開けて待っているようだった。

「何処まで続いているのかしら。迷子になりそうよ」

アヤンが言った。アヤンは私達にしがみ付きながら後ろから歩いて来ている。

「言いだしっぺは誰なのよ。アヤン」

ローナはアヤンの手を振り払い自分より前に押し出した。

「やめてよ、ローナ。怖いじゃない」

それは真っ暗な空間に取り残された感じだろう。

「シッ！　誰かこちらに来るわ」

左の大きな部屋の隅で黒い影が動いている。三人じっと息を呑み、動く黒影を目で追いながら後ずさりをし逃げる態勢は整っている。

「ここは、何処なの」

黒い影は私達をめがけて近づいてきた。

「ぎゃー、ぎゃぁー」

追って来ている影に私達は逃げた。暗い部屋を目をいっぱいに広げ走ったが、ローナやアヤンのように早く逃げられなかった。そして、冷たい手が私のドレスをつかんで倒した。それでも私は後ろを見ないで必死に手を振り払おうともがいた。

「待って、逃げないで、お願いだから」

せつなる女の人の声がした。私は恐る恐る後ろを振り向いた。それは黒くヌーッと立っている姿だった、女性の声を聞くと急に恐ろしさが無くなった。

「貴方はここの住人でしょ。ここは何処なの、何という所なの、今は何年なの」

慌てたように尋ねてきた。見た限りでは、普通の人間のように思えた。

「私は昨日まで家の近所の公園を近道しながら家に帰る途中だったの。そしたら突然滑って転んでしまって、家までは、たどり着いたけど……。そしたらなぜかここにいたの。そして外を見ると外の様子が理解出来ないくらい違っていて、誰も居なくて怖くなってここにジッとしていたの。助けて！　お願い！」

すがるように私の手を離さなかった。私は落ち着きを取り戻し女性のほうを見た。

「わかった、取り敢えず手を離して。逃げないから」

女の人は不安そうに私の手を離した。私は辺りがあまりにも暗かったので、みんなの居る所に行ってみようと思った。二人はお城の入り口付近で待っていてくれたようだ。

「アヤン、ローナ、待っていてくれたのね」

足元を気にしながら歩いていくと、

「メルバ！　どうしたの、メルバが二人いるわ。どういう事」

二人がビックリしながら私達を見比べていた。私も外の月明かりで改めて女の人を見ると本当によく似ている。服装で私と女の人を判断するくらいよく似ている。

「どうして私と同じ顔をしているの、まさか名前もメルバじゃあないわよね」

その人も、改めて私を見て驚いたようだった。

「私の名前はゆうこ、それより私を助けて。まったく分からないの、如何してここに居るのかが」

ゆうこは凄く焦っていた。ここが訳の分からない世界としたら誰だって怖がるでしょうから。でも、私の力でもどうする事も出来ないのではないかと思った。私は、

「一緒に来る？　ここに居ても仕方がないでしょ」

「アヤン、ローナ、私達で何とか助けてあげられないかしら、怯えているのよ、可愛そうだわ」

ゆうこを他人とは思えなかった。それは顔が似ているせいもあるかも知れないが。

「取り敢えず私達の家に帰りましょう。キフラにはこの事は内緒にしておきましょうよ」

気のせいかゆうこは、少し顔色が良くなった。家にたどり着くと、まだキフラは帰っていないみたいだ。私とアヤン、ローナ、ゆうこの四人は、二階にある私の部屋に入った。外は相変わらず解放日で賑わいが続いている。アヤンは言った。

「あなた、ゆうこね、如何して現実が解らなくなったの、もしかしたら記憶喪失になってしまったのかしら」

割り込むようにローナが、

「でも何だか着ている服がいびつだわ。どこにもない服よ」

ゆうこは、へなへなとベッドに座り込んでしまった。

「アヤン、あまりゆうこを虐めないで。彼女の身に何かとんでもない事が起きてしまったのよ。信じるわ、私は」

ゆうこは両手を伏せて泣き出してしまった。また訳の分からない現実に再び不安が込み上げてきたのでしょう。

「朝になったら、もう一度あのお屋敷に行ってみましょう。何か解るかも知れないわ」

ローナは不安そうに、

「お城に行って何か解ればいいけど、でも、私達まで何かあったらどうするのよ」

皆は黙ってしまった。するとローナがゆうこの横に座り、

「ゆうこ、もう一度行ってみて何も解らなかったら、キフラに事情を説明してここの住人になりなさいよ。私達大歓迎よ」

メルバは慌てたように打ち消した。

「何言っているのよ。まだ結論が早すぎるわよ。もし貴方が彼女だったらどうする。異国の土地で我慢しろと言うの。きっと、嫌で早く帰りたいと思うでしょう」

ゆうこは立ち上がって、

「有難う皆さん。でも、ここは私の世界でないわ。私の家族、友達とも連絡が取れないでいるし、きっと皆、心配しているわ」

ゆうこはメルバの顔を見ながら、

「でも、メルバが居る事で、何だか安心感があるの。きっと何かの巡り合わせかも知れないわね」

みんなは、いつの間にか疲れて眠り込んでしまった。

翌朝、外は夕べの騒ぎと違って少し肌寒い朝を迎えていた。人通りは少なく広場も数人居るだけで辺りはガランとしている。

さらさらと木の葉がささやいてくる
ここにおいで
何もしなくていいから
ただ心の悲しみを
そこにしずめて歩いておいで
そうすれば眠る静けさの
みずうみのように心は満たされる

木の葉がささやいてくる
夢をすてた悲しみも
そこにしずめて歩いておいで
前を向けば
きっと何かが見えるはず
静けさのねむり

希望に目覚める
そう　あなたは孤独ではない
ただ　感じてないだけ
目に見えない
希望のあなた自身が
もう一人居ることを
感じて……そして
素敵な事が待っていると信じて

暫くするとまた広々とした広場に沢山の人達が解放日を楽しむために、美しく着飾った女性たちや若者があふれる笑顔で語り合い賑わうのです。

アヤンは目覚めた。そしてみんなが寝ている間をそっと下りて行き、食事の支度を始めた。アヤンは毎日起きるのが早いため、習慣が自然と出てしまうのでしょう。私もアヤンの手伝いをしようと台所へ下りていった。

「おはよう、アヤン」

「あら、メルバ、起きていたの」

手馴れた朝食は私の出る幕の無いほど手際よく、ただ私は椅子に座って見ているだけだった。暫くすると、ローナがゆうこと一緒に下りて来た。ゆうこはやはり不安そうな顔をしていた。

「ゆうこ、食事を済ませたらお屋敷に行ってみましょう。でもその服装ではおかしいからキフラの衣裳部屋で着替えてらっしゃいよ。ローナが案内するわ」

二人は衣裳部屋へ歩いていった。すると、

「メルバ！　赤いドレスは誰も着てないかしら」

突然、キフラがメルバを呼びながら衣裳部屋へと歩いてきている。私は慌てて、ゆうこを呼びに行った。

「キフラが帰ってきたわ。早く二階に上がってちょうだい」

私はもう一つのドアからゆうことローナを出した。

キフラは入ってくるなり、

「あら、良かった。誰も赤いドレスを着てなかったのね。メルバ、今日は解放日だけど手伝ってくれるわね」

「勿論です。私も今、違うドレスに着替えようとここに来たばかりです」

「お前は素直な子だから好きよ」

キフラは機嫌よく着替え始めた。私は思った。もしかしたらお屋敷の事を何か知っているかもしれない。

「ちょっと聞いてもいいですか」

キフラはかしこまっているメルバを見た。

「珍しいわね。私にかしこまって質問だなんて。ええ、何でも答えてあげるわよ」

上機嫌のキフラは、話しやすかった。

「あの、ジョルジュ城の事、昔から神隠しとか不思議な事が起きたとか噂がありますが、何かご存知ありませんか」

「あ、あのお屋敷の事、確かにそんな噂があるわね。何十年に一度くらいの間隔で異変が起きているらしいわよ。私が聞いた話だと得体の知れない生き物が突然現れて、数日間居座った後、いつの間にか居なくなってしまうらしいわ。あまり近づかない事ね」

キフラは赤いドレスに着替え終わると今度は食堂の方へ素早く歩いて行った。その時アヤンは丁度、私達の食事を作り終えたところで四人分の用意がしてあった。キフラは、それを見るなり、

「あら、誰かきているの。それじゃあ私は、お邪魔ね。皆で楽しんで」

今日も、キフラは機嫌がいい。多分解放日が終わっても、暫くは彼氏のお陰で機嫌が良い日が続くでしょう。何の疑いもせず、サッサと出て行った。ゆうことローナはそんな様子を見ながらゆっくりと下りてきた。

四人は食事を済ませジョルジュ城へ戻って行った。昨夜とは違って赤茶色のレンガの城壁と周りは誰にも手入れされていない花木が荒れ放題にあり、昼間の光をあびて、ポツリと壮大に城は建っていた。それを見ると、ゆうこはそわそわしながら落ち着かない様子で、ため息をついた。

「何も手がかりが無かったらどうしよう。ここで私は一生を過ごさなければいけないのかしら……夢であって欲しい……」

私は慰めるように、

「ゆうこ、心配する事ないわ。きっと何かあるわよ」

と言ってみたものの、今のゆうこには意味の無い慰めにしかならないと思った。そして、再び城へと入っていった。

大きなドアを開け、前へと進んでいく。天井は高く、広い空間には大きなコンソールや石像が所どころに置かれてあり、過去の豊かさがあちらこちらに見られた。

ゆうこは、

「私の世界で公園で転んで足を擦りむいたから、急いで家に帰ろうと思ったの。そして、家の扉を開けたら、この広いお城の中だったの。考えられる、自分の家だと思って開けたら別世界なのよ」

ゆうこは興奮気味に話をしているが、私達は聞くしかなかった。彼女の世界を知らないし、少し半信半疑のところも実際あった。私達に出来ることは、一つ一つの扉を開けて、何かを確かめていくほか、何も無かった。

丹念に探し回り、数時間が過ぎたかもしれない。予測はしていたが何も見つけることができなかった。落胆し皆が壁にもたれ掛かり座り込んだ。ゆうこは大きく溜め息をつくと、大きな窓から太陽光が眩しく差し込んでいるのが目に付いたらしく、窓に向かって歩き出した。窓から外を眺めているゆうこ。しかし暫くすると急に絞るような声で何かを言い、後ずさりをした。

「うそ！　ここはいったい何処なの……」

両手で耳をふさぎながら途方もない出来事に、目を疑っているようだ。

私達もいそいで、ゆうこが見ている窓の外を見た。

しかし、これといって驚くものは、何も無かった。周りには花々と緑の木々、それと、すがすがしく輝いている二つの太陽があるだけだった。

「ここは何処！　私が住んでいる地球ではなかったの。太陽が二つなんて、有り得ない事だわ！」

ゆうこは肩を震わせながら大きな声で泣き出した。

私は苦悩に怯えているゆうこの肩を軽くゆすった。

「さあ、一緒に帰りましょう」

私は、ゆうこの肩を抱きしめながらゆっくりと部屋のドアまで歩いて行き、大広間の扉を開けた。すると今度は急に目を見開いて私達に言った。

「あった！　私の部屋よ！　あったわ！　あるわ。これで私帰れるわ」

不思議な事に、そこに広がっていたのは、ゆうこの目には見慣れた部屋。まるで何十年も見なかった懐かしさが広がっているとでも言うのだろうか。私達には意味が分からなかった。

私の方を見ながら扉の向こうを指差している。しかし私の前の扉の奥は、古びた広い大広間にしか見えなかった。ゆうこは、慌てるように大広間に入っていった。私達も続くように大広間へ入っていったが、そこにはゆうこの姿がプッツリと消えて無かった。

心の写真

月に乾杯

今宵の月は酔っている
灯火に心を満たすように忍び込んで
夢遊病者が旅の支度をしている

浸りきったロマンスの遊戯のように
飲みたくもないお酒を飲んで
頭痛をおこしてみるのも
今宵の月が
エキゾチックににらみつけるから
ああ……何年も生きている
生死の区別なく流れる糸が
プツッと切れるわけでもなく
時は無限を刻みつけ　生の闇をつくり
悲しみを深めてゆく
固執の向こうには
宇宙があるのか　幻覚があるのか
透明すぎる明瞭さでもなく
点だらけの世界のように

何も見せようとはしない
在るのは深淵の草むらか
首を突き出し宴会の
生贄を待ち受けている
妖怪の通り道

今宵の月は酔っている
勇者の振りして歩く余韻の征服感が
幾世紀も生きながらえる錯覚にとらわれ
乾杯する

ひだまり

果てしなく流れる雲の旅びと

溜め息つけば　揺れる木の葉の影
あぜ道の中の野良犬は
いったい何処に行くのだろう
自然のリズムに酔いながら
地上の花の一輪にも似て
静寂の中で魂となり浮遊する
風のたよりは果てしなく
吹きぬく心の隙間風
雲からもれる陽だまりに
そっと身体を温める

秋

秋の訪れに耳を傾ける

心醒まされるすがすがしさ
髪を乱す秋風にも無抵抗のわたし
羅針盤などあるはずもないあぜ道に
自然は哀れみをもって
木の葉を揺さぶり覆い隠そうとしている
迷子の張り巡らされた色彩
変化してゆく異次元の世界を
わたしは物見だかく眺め足踏みする

ひととき

ひとときの安らぎは
雨と共にしずしずと流れ落ち
冷ややかな雲が心を愛撫する

記憶の扉

余りにも静か過ぎるこの刹那も
明日となっては
消えうせてしまうに違いない
チェンバロの旋律や
フルートの音は足跡に残され
汚れる足を気にしながら
斜め横に　斜め前に
やさしさは人の心を安らげるのでしょうか
君のことなどすっかり忘れて
放浪したがる
人の心という事を忘れ
貴方は正しいなどと何故言えよう
一言もしゃべらず
宙を向いてる人

愛想笑いなどして
それが正しいなんて
消しゴムのような人の声
哀しくてたまらないのに
「今日はすがすがしいね」

誰かの影響など無意識に組み立てて
我が物顔をしている経験よ
その甘味な姿から
わずかでもはみ出すようならば
この世の悪戯を奉り
伝染病のように広まってゆく
君の事などすっかり忘れ去り
いつの間にか　おしゃべりの明け暮れ

ああ　明日を見るのはもうやめよう
せめて　このひとときのやすらぎを
雨と共に流れてゆこう

年輪の月

真夜中の霧の絨毯
深遠の空間に浸っている
伝達の宿命にも似た
永遠と言葉としての真実

ああ……今宵の月は酔っている
あと何年　私をご覧になれるでしょう
それほどまでの歳月に

顔も身体もやつれてゆく
なんてロマンな事でしょう
幾年たっても変わらぬ月
歳月を呑み込みながら
おしみなく苦しみを凝視できるなんて
誓っておくれ
夜道をさ迷っても
お前の光で千年の道も照らしてくれると
そして全てを照らし
過去の歪みを闇夜に葬り去る事を

今宵の月は酔っている
ふっと気付いた嫌悪感が
走馬燈のようによみがえる

微笑を浮かべてみるのは
窓に浮かぶ慰めのことば

仕返しなのかもしれない
留めておいた記憶は
人としての本性……

人を照らし影をつくるお前の正体は
見る事全ての忘却の扉

今宵の月に乾杯
全てを忘れ去る魔法の言葉
秒のごとく時は長く
限りある流れに絵筆をとって

月夜に照らされる名画となり
老いた心に
満ち溢れる幻覚をみせておくれ
ああ……
幾百の言葉を綴ってみても
お前にはわかるはずもなく
ただジッと可能な時の流れに
ひそかな希望を夢みて乾杯する

じぶん

わからなかった事がある
今の私とこれからの私
たぶん　ずっとわからない

人があれこれ噂をしても
多分それが他人の私
ずっと未知でいる私

であい

人というのは哀しいもの
長くいるにつれ
別人のように変わってゆく
そして美しい思い出のはじまりである
四季の変わり行く人生は心地よいもの
経験と出会うたびによりいっそう
充実したものにしてくれる
それは人としておかれた

自然の芽生えなのかもしれない

心の歌

どこまで行き着くのだろう
この道の果てにはきっと幸せが
待っているのだろうか

あたりまえさ
きっと豊かな心が満ち溢れているさ
今までの苦悩もねたみも無い
エデンの園に決まっているさ
海の果てには
きっと人魚達の宴会が待ち受けているさ

そう思わなければ生きてゆけないさ
野生でもあるまいし
ただ食べ物を食べて放浪するのかい
でも　やっぱりぼくは人間さ
いくら人に欺かれても無視されても
ぼくは人間らしく生きるさ
貧しくても人のものを盗んだりしない
嫉妬もしない
ぼくは人間　正義に生きる
プライドもあるさ
そこに不幸があったとしても
報われなくても
誰かがきっと見ていてくれる
ただそれだけのプライドでも

きれいな心でいなけりゃあ
本当の幸せにはなれないよね
そうだろう
寄り道もするさ
なんてきれいな花だろう
小鳥も蝶も
気持ち良さそうに風に触れている
素直に感動する
それも生きている証し
誰かが遅いと不平を言ってもかまわない
裸になって飛び跳ねてごらん
きっと自然と同化ができるよ
草々になって
大地になって抱きしめてごらん

求めているものが見つかるかもしれない
生きている意味を
生きている幸せを知る事が出来る
きっと　そうさ　いい思い出になる
アルバムに綴じ込め
心の写真を撮っておこうよ
あしたが辛く思っても
彼らは後ろを歩いているのかもしれないよ
わかるだろ
だからぼくはこの道をまっすぐ歩く
世界を何十周回ろうとも
ぼくは人間らしく歩くさ

あめ

空しさの中
心に残したい空間がある
耳を澄ましてみれば
雨の音がコトコト音を流していた
右からオペラの音楽
前から曇った空間の孤独に似たもの
ドアのステンドガラスの薄くもれる水色が
妙に寂しさを増している

「きみは思う
途方も無く遠い目的に……
宇宙を知ろうとしない心は

自分の存在すら見ようとはしない
超越したものをあれこれ詮索する事は
自分そのものを詮索するのと同じなのに」

ふっと我に戻った時
時間が過去に浸れる時
若かった時の
希望に満ちた寂しさのように

夕焼けの再開

ひたすら歩いてきた帰り道
ふっと母の想いが入ってくる
思わず止まって見上げた空

望郷の夕焼けが
おぼろげに赤くそまっている
母に連れられて歩いた
あの夕焼けの田舎道
あの頃を思い出す
いつまでも続くと思った幸福感が
思い出となって
途絶えてしまった季節感と同居する
母の生涯は二つあった
母の人生と私の共有した歳月と
一粒一粒溢れ出る記憶の蒸気が
地面の魂を呼び起こす

貴方は何しに地上に来たのか

幸せの為　愛の為
片隅で幾度と無く呟いていた言葉の数々

そして母の年齢に近づく気配
夕焼けを呼び覚ましてくれたのは
そういう時なのかもしれない

あとがき

私がこの本を書くきっかけになったのは、若い時代の詩を見つけたことです。今の自分だったらどんな詩が書けるか、自分への挑戦として書いてみました。そんな気持ちで書いているうちに童話的な詩を含む物語を思いつき、争いとか人間の歴史の気持ちを学びながら、みんな同じ地球人としてもっと平和に暮らせればいいのにな、と願いを込めて書いてみました。

横山　阿季子（よこやま　あきこ）

1956年、香川県に生まれる。日本中央文学会の同人誌『中央文學』に数年間寄稿。

catcatzxcvb@yahoo.co.jp

四つの扉

2016年11月７日　初版発行

著　者　横山阿季子

発行者　中 田 典 昭

発行所　東京図書出版

発売元　株式会社 リフレ出版

〒113-0021　東京都文京区本駒込 3-10-4

電話 (03)3823-9171　FAX 0120-41-8080

印　刷　株式会社 ブレイン

ISBN978-4-86641-004-3 C0092

Printed in Japan 2016

ご意見、ご感想をお寄せ下さい。

［宛先］〒113-0021　東京都文京区本駒込 3-10-4

東京図書出版